Marlis Salzmann

Der Traum der kleinen Engel

Originalausgabe
1. Auflage 2008

Voglherd 1 • D-85567 Grafing
www.aquamarin-verlag.de

Umschlaggestaltung: Annette Wagner

gedruckt in Leipzig

ISBN 978-3-89427-472-6

Marlis Salzmann

Der Traum der kleinen Engel

Das ist der kleine Engel

Er wohnt auf einem Stern,
ganz nahe bei der Erde

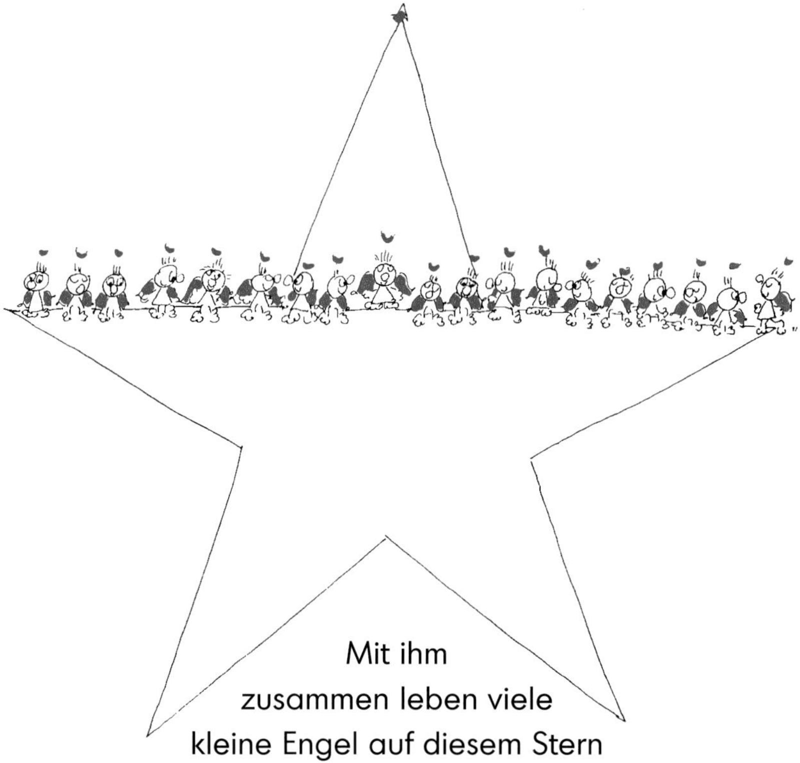

Mit ihm
zusammen leben viele
kleine Engel auf diesem Stern

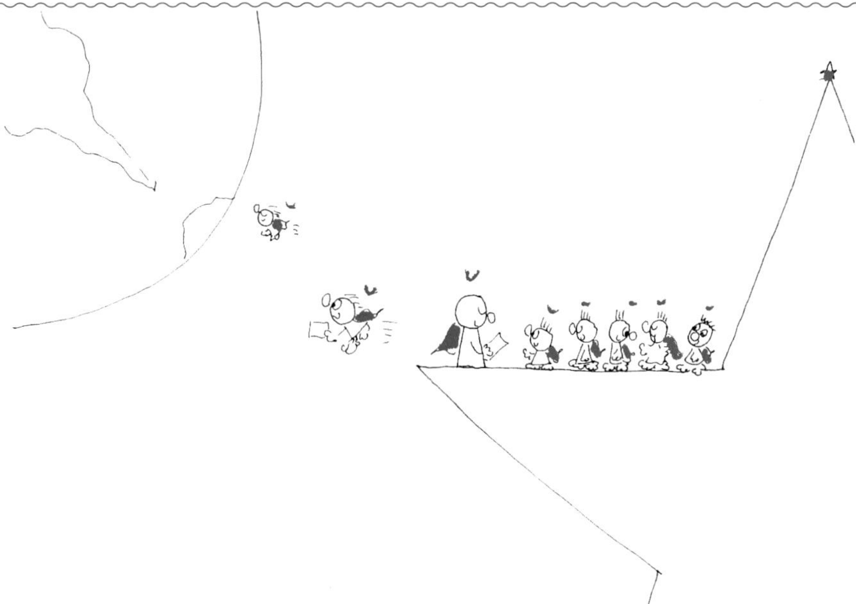

Sie sind die kleinen Helfer der Menschen.
Jeden Morgen bekommen sie vom Großen Engel
einen Auftrag und helfen überall da,
wo man kleine Engel so brauchen kann.

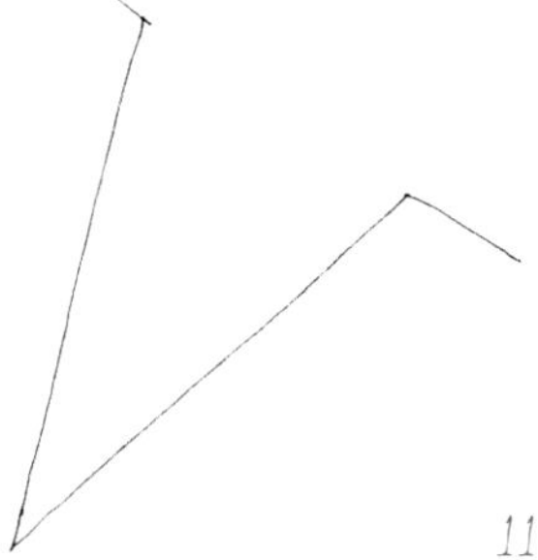

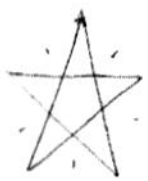

Sie helfen beim
Kinderhüten

und begleiten die Großmutter
auf dem Spaziergang

füttern Katzen

und schauen nach
dem Garten

machen Fußbäder

bringen verspätete Post
noch rechtzeitig
und vieles mehr.

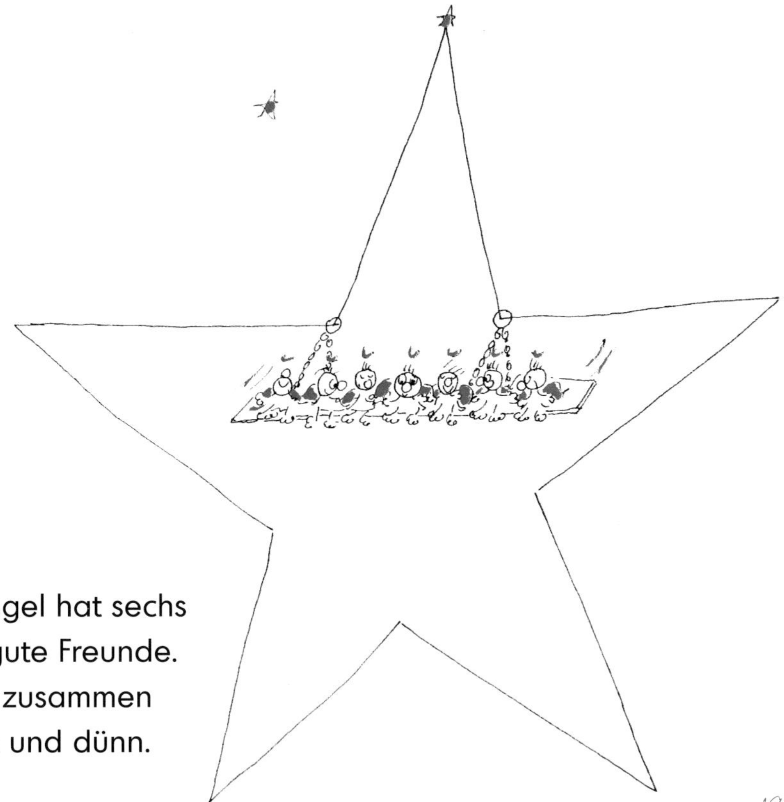

Der kleine Engel hat sechs
besonders gute Freunde.
Sie halten zusammen
durch dick und dünn.

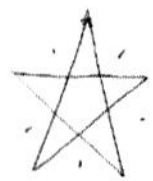

Eines Morgens rief sie
der Große Engel zu sich:
„Ihr habt heute
eine ganz besondere
Aufgabe“, sagte er…

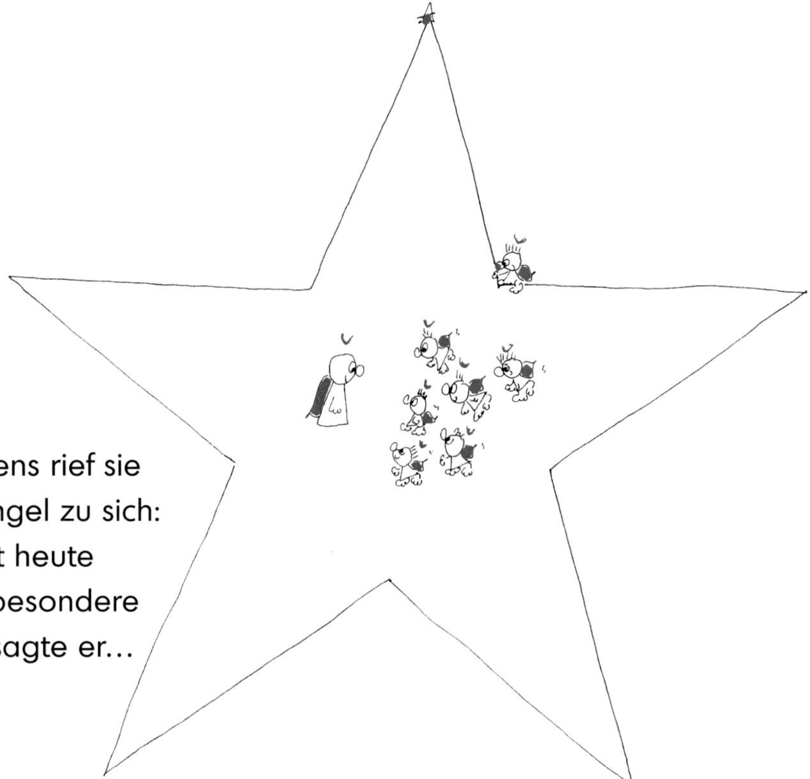

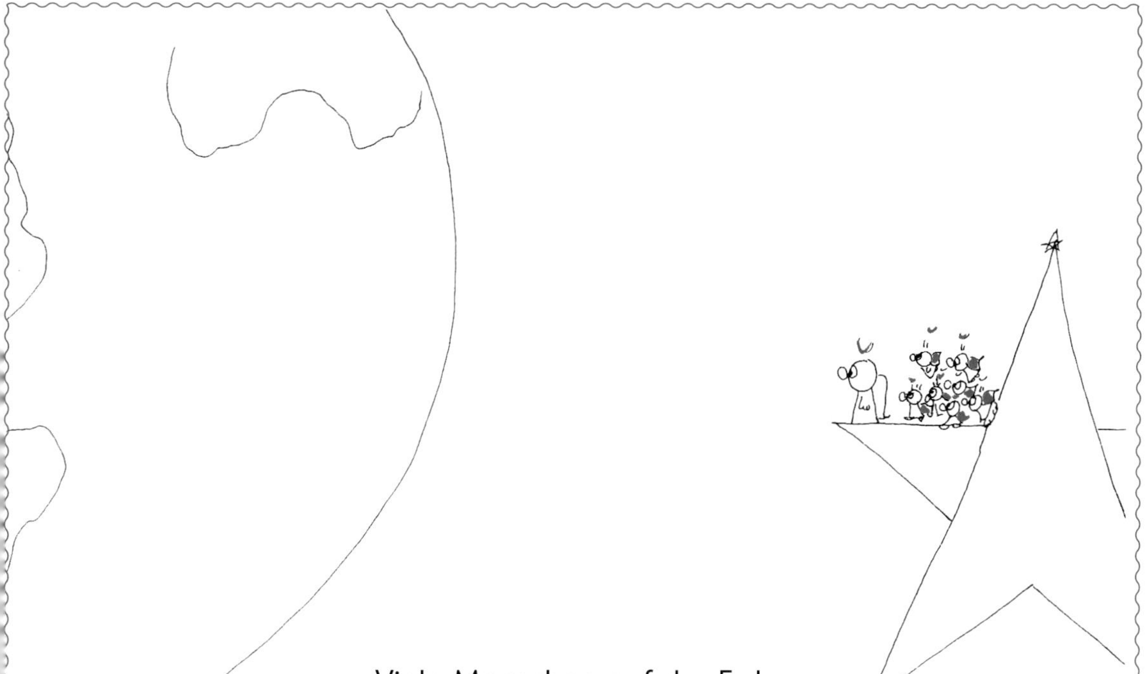

„Viele Menschen auf der Erde
sind traurig oder haben Streit miteinander.
Wie könnt Ihr ihnen helfen?“

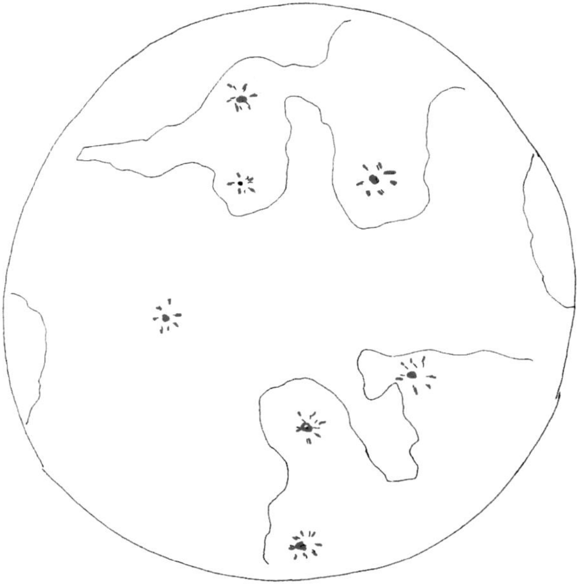

Die sieben kleinen Engel flogen auf die Erde zu den Menschen, die unglücklich waren, und hörten ihren Herzen zu.

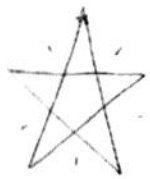

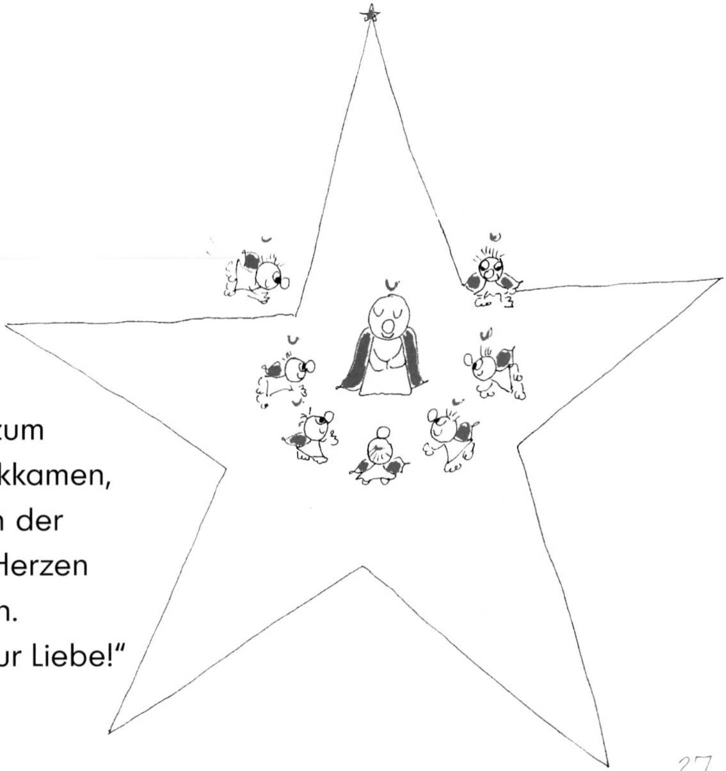

Als sie wieder zum
Großen Engel zurückkamen,
erzählten sie von der
Sehnsucht in den Herzen
der Menschen.
„Sie wünschen sich nur Liebe!"

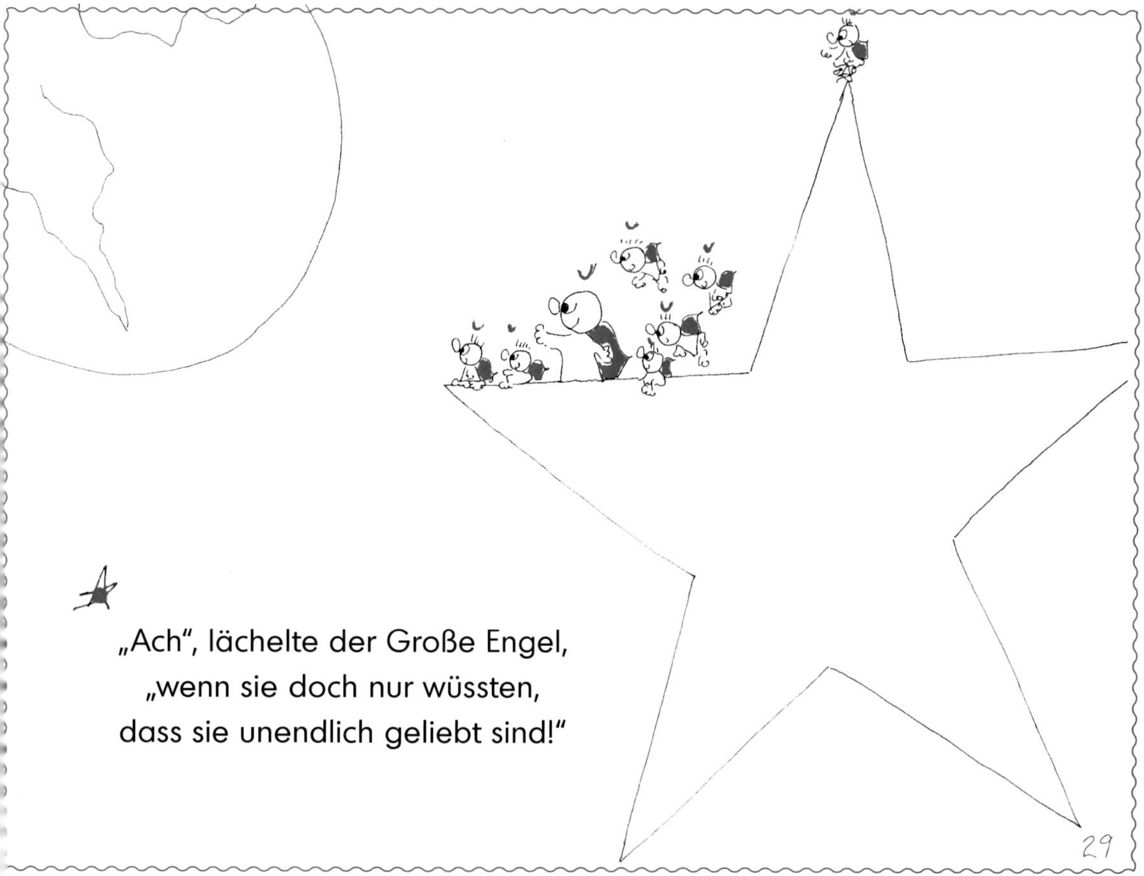

„Ach“, lächelte der Große Engel,
„wenn sie doch nur wüssten,
dass sie unendlich geliebt sind!“

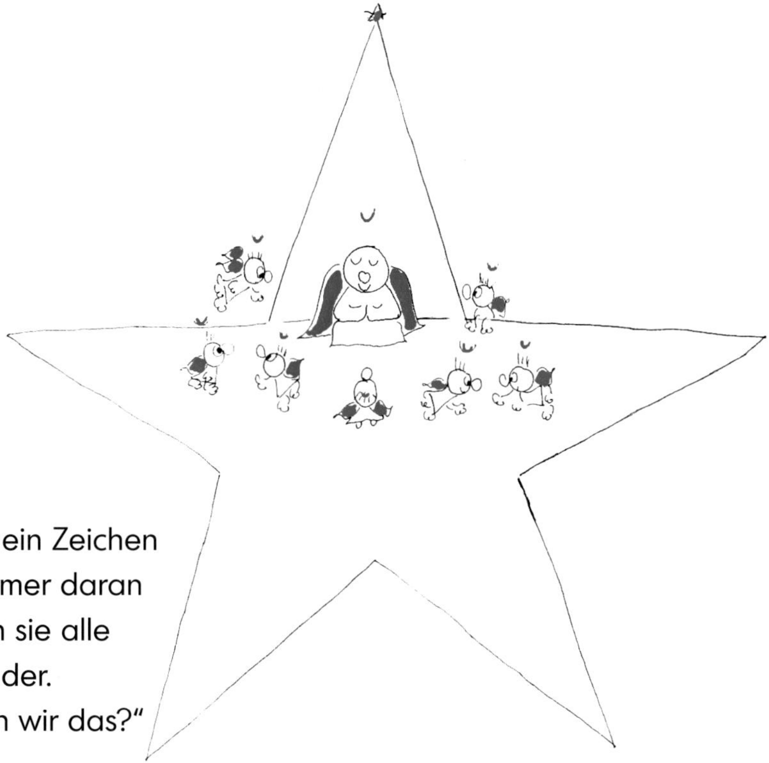

„Wir müssen ihnen ein Zeichen geben, das sie immer daran erinnert!", riefen sie alle durcheinander.
„Aber wie machen wir das?"

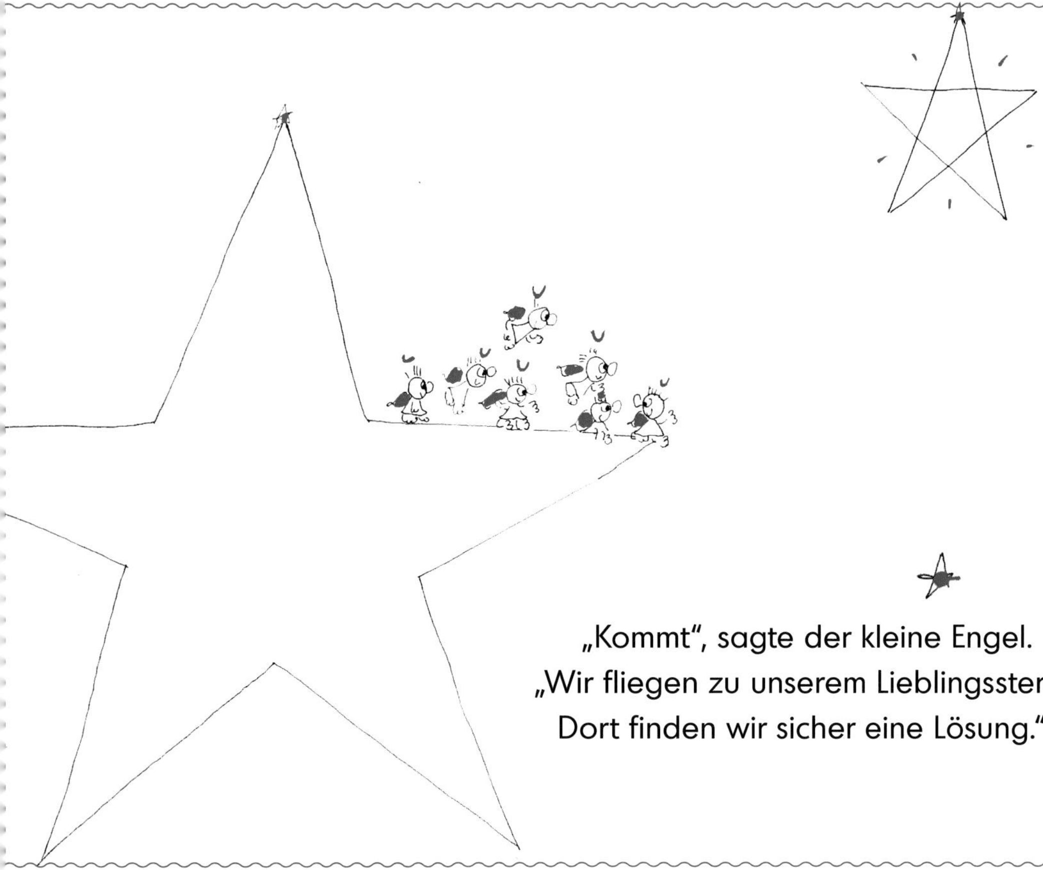

„Kommt“, sagte der kleine Engel.
„Wir fliegen zu unserem Lieblingsstern.
Dort finden wir sicher eine Lösung.“

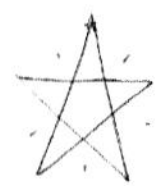

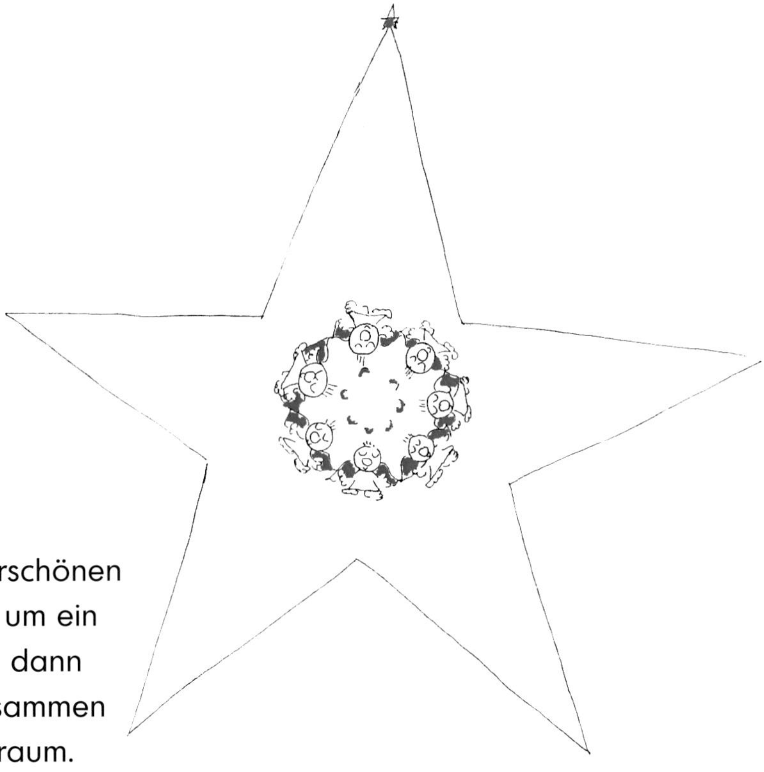

Auf ihrem wunderschönen
Stern baten sie um ein
Zeichen – und dann
träumten sie zusammen
einen tiefen Traum.

Als sie erwachten, hatte jeder von ihnen
eine Farbe des Regenbogens erhalten.

Sie strahlten, als sie zum Großen Engel zurückkehrten.
„Jetzt können wir den Menschen zeigen, dass sie
unendlich geliebt sind. Wir malen ihnen
Regenbögen an den Himmel und bringen
unsere Farben überall dorthin,
wo es dunkel ist und jemand weint."

Am nächsten Morgen
wünschte ihnen der Große Engel
viel Glück für ihre Aufgabe.

Voller Freude flogen die sieben kleinen
Freunde auf die Erde zu und malten schon den ersten
Regenbogen an den Himmel.

Überall, wo sie hinkamen,
entstanden Regenbögen, und es wurde
hell und farbig auf der Erde.

Die Menschen lächelten wieder, die Pflanzen erblühten in allen Farben und die Tiere ließen es sich wohl sein.

Als die sieben kleinen Engel
von ihrem Stern aus auf die Erde schauten,
wurden sie ganz still vor Freude.

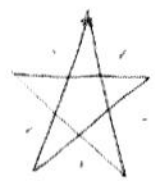

Seitdem umarmen die Regenbögen
die Erde, alle Menschen, Tiere und Pflanzen

und DICH